SUTOPPU!

Koko wa kono manga no owari dayo.
Hantaigawa kara yomihajimete ne!
Dewa omatase shimashita!
Tanoshii hitotoki wo dozo!

Egmont Manga Chiimu

STOPP!

Das ist der Schluss des Mangas.
Fangt bitte am anderen Ende an!
Und nun genug der Vorrede,
viel Spaß beim Lesen!

Euer Egmont Manga Team

„Wenn ich deine Stimme höre..." Vol. 1 von Toriyoshi
Aus dem Japanischen von Christine Steinle
Originaltitel: AITSU NO KOE WO KIKU DAKE DE Volume 01

Originalausgabe:
AITSU NO KOE WO KIKU DAKE DE Volume 01

First published in Japan in 2018 by KADOKAWA CORPORATION, Tokyo.
German translation rights arranged with KADOKAWA COPRORATION, Tokyo
through TOHAN CORPORATION, Tokyo.

Deutschsprachige Ausgabe:
2020 Egmont Manga
verlegt durch Egmont Verlagsgesellschaften mbH,
Alte Jakobstr. 83, 10179 Berlin

1. Auflage

Verantwortliche Redakteurin: Luisa Steinhäuser
Textbearbeitung: Frank Neubauer und Etsche Hoffmann-Mahler
Printed in the EU

Gestaltung: Laura Bartels
Koordination: Angelika Schönhuber
ISBN 978-3-7704-2697-3

✱ Nachwort ✱

Hallo, ich bin Toriyoshi. Das ist mein erster Boys-Love-Manga. Wie hat er euch gefallen? Ich hoffe, ihr hattet zumindest ein bisschen Spaß daran. Das würde mich sehr freuen.

Für Tatsumi und Shuichi geht jetzt der Alltag als Liebespaar weiter...

Vielen Dank fürs Lesen und bis zum nächsten Mal!

Toriyoshi

★ Ganz herzlichen Dank an ★

★ Redakteur A.

★ Assi Kaede Migite

★ Alle, die an der Herstellung dieses Buchs beteiligt waren

Alle Leserinnen und Leser, die mich unterstützt haben!

ENT-SCHULDI-GUNG.
KUSS
ICH WAR AUF JEMANDEN EIFERSÜCH-TIG, DER DICH AUF EINE ART KANNTE...
... DIE ICH NICHT KANNTE.
HNH...
DU LIEBST MICH DOCH, NICHT WAHR?
—
ER IST WIRKLICH ...
DA KANN MAN NICHTS MACHEN...
JA.
... UNWIDERSTEHLICH.
WIE WÄRE ES JETZT DAMIT...?
OHNE MICH!!
DU FÄHRST ECHT VOLL AUF DAS ZEUG AB!!
NERVÖS
WENN ICH DEINE STIMME HÖRE – KAPITEL 3.5 - ENDE

KOMM!
ZUCK
ICH BIN TATSÄCHLICH GEKOMMEN...
Huf ...
HAA...
HAA...
...
ZUCK
ZUCK
Ah!
HAA ...
HAA ...
KÜSS
HAA...
HAA...
SIEHST DU, DU HAST ES GESCHAFFT.
...
HAA...
BIST...
... DU JETZT ZUFRIEDEN...?!
!

DU SCHAFFST DAS SCHON.
HAA...
Ah!
Uh...
Hnf...
Aaaaah!
BRRRRRH
ZUCK
ZUCK
NEIN...!
SO WIRD DAS NICHTS...
SCHAUDER
SCHAUDER
MEIN KOPF IST WIE GELÄHMT, MEIN HINTERN TAUB...
DAS REICHT EINFACH NICHT...
SO KANN ICH NICHT ...
... UM MICH KOMMEN ZU LASSEN.
BITTE KOMM FÜR MICH.
SCHAUDER
SEINE STIMME...!
TATSUMI.

...
SCHAFFST DU ES SO ZUM HÖHEPUNKT?
NIE IM LEBEN ...!
BEB BEB
NICHT ALLEIN HIERVON...
HAA... HAA...
ICH BRAUCHE MEHR...
ICH BITTE DICH, SHUICHI...! DU MUSST MICH AUCH UNTEN...
KOMMT NICHT INFRAGE.
DU WIRST ALLEIN DURCH STIMULATION DER BRUSTWARZEN ZUM HÖHEPUNKT KOMMEN.
SAG BLOSS...
GRINS
DAS MACHT IHM SPASS?!
KLICK KLICK KLICK
HEY, SHUICHI !!
WENN DAS NICHT AUSREICHT, MÜSSEN WIR ES EIN BISSCHEN STÄRKER EINSTELLEN.
BRRRH
DARUM GEHT ES NICHT!
ZUCK
BRRRRRH
HII...!
AAH!
ZUCK
AAAAAH ...! AH!
KEINE SORGE...

DINGE, DIE NUR FÜR MICH BESTIMMT SIND.
BRRRRRH
AH!
AAH!
ZUCK
AH...
ZUCK
ZUCK
HA...
NICHT NUR DA...
BRRRRRH
MIST...!
DAS IST EINE QUAL...
ZUCK
AUCH HIER...
VERLEGEN

SHUICHI ...
BIST DU ETWA SAUER?
...
NÖ.
WIESO SOLLTE ICH?
GRINS
LÜGNER!!
ZWICK
KNEIF
HWA ...!
WEISST DU, TATSUMI...
VIEL-LEICHT KRIEGST DU...
... ALLEIN HIERVON EINEN ORGASMUS?
SCHLUCK
HEY...
HALT ...!
BITTE ZEIG MIR NOCH...
... MEHR SEITEN VON DIR.

ICH GLAUBE, DU BIST...
... HIER INZWISCHEN EMPFINDLICHER GEWORDEN.
...
KEIN WUNDER ...
... WENN DU MICH IMMER SO HARTNÄCKIG BEARBEITEST...!
ES IST IHM ERNST DAMIT...!!!
JA, DAS ZAHLT SICH AUS.
DAS FREUT MICH.
!
Ah.
Uh...
UNTEN BIST DU AUCH EMPFINDLICHER.
SO KENNE NUR ICH DICH.
...
SCHAUDER
Uh...
Uh...
KNARZ

WIE IST ER DENN DRAUF?
NA JA...
SIE HAT SO HARTNÄCKIG DRAUF BESTANDEN, DA KONNTE ICH NICHT ANDERS...
ES WAR EINE FRAU...
TATSUMI.
GRAPP
!!
DAS ENTWICKELT SICH IN EINE UNGUTE RICHTUNG...
BITTE...
... ZEIG MIR, WIE MAN DIESES SPIELZEUG BENUTZT!
DIESER BLICK...

VERSTEHE.
SHUICHI MUSS MICH...
... WIRKLICH SEHR LIEBEN.
DIESES TEIL...
... WECKT GEWISSE ERINNERUNGEN.
ICH WAR VOR EWIGKEITEN MAL MIT EINER ZUSAMMEN, DIE UNBEDINGT SO WAS BENUTZEN WOLLTE.
ICH HATTE ÜBERHAUPT KEINE AHNUNG, WIE MAN SICH DAMIT AMÜSIERT.
BRRRH
KLICK!
HA, HA!
HA!
...
ZUCK
PIDD
DU HAST DAS SCHON MAL BENUTZT?

...
DU KANNST GANZ OFFEN SEIN.
WENN DU MICH SO FRAGST...
JA, IR-GENDWIE SCHON.
ABER...
A-AHA...
JETZT WO ICH ENDLICH EINE BEZIEHUNG MIT DIR HABE, WILL ICH DIR NICHT MIT SEXTOYS KOMMEN.
ICH HABE NICHT VOR, WELCHE ZU BENUTZEN.
MANCHMAL BIST DU MIR EIN BISSCHEN UNHEIMLICH.
DU UND DEINE OBSESSIONEN.
UNHEIMLICH...?
WARUM BESITZT DU SOLCHE DINGE?
ドキ
BADUMM
ドキ
BADUMM
DU SOLLTEST NICHT VON MIR ENTTÄUSCHT SEIN.
DESHALB HAB ICH IM VORFELD VERSCHIEDENE SZENARIEN GEPROBT... MIT DIESEN SACHEN.
ICH WOLLTE AUF ALLE DEINE VORLIEBEN VORBEREI-TET SEIN...
ER HAT VER-SCHIEDENE SZENARIEN GEPROBT?!
DAS IST EIN DING!

ICH HÄTTE DA...
...
... ZWEI, DREI FRAGEN AN DICH.
SEXTOYS.
ENTSCHULDI-GUNG!
VERBEUG
HÄ?!
ICH HAB NOCH GAR NICHTS GEFRAGT!
BITTE HASSE MICH NICHT DAFÜR...!
VERZEIH MIR!
ICH SAG DOCH, NICHT SO VOREILIG!
VON HASS KANN KEINE REDE SEIN!!
ÄH, SAG MAL...
STEHST DU AUF SO WAS?

AN JENEM TAG...
...
...!!
KULLER
SHUICHI.
... MACHTE ICH IN DER WOHNUNG EINE ENTDECKUNG.
WENN ICH DEINE STIMME HÖRE
KAPITEL 3.5

WENN ICH DEINE STIMME HÖRE – KAPITEL 3 - ENDE

HAA...
ZUSAMMENLEBEN IST SCHÖN UND GUT...
NUR YUKINA DARF AUF KEINEN FALL DAVON ERFAHREN!
HAA...
SCHON WIEDER VIER RUNDEN...!
DEINE SCHWESTER?
SIE IST EIN UNERSÄTTLICHER BOYS-LOVE-FAN.
WENN SIE WAS VON UNSERER BEZIEHUNG MIT-KRIEGT, NERVT SIE GARANTIERT.
SCHMOLL
AUSSERDEM...
... BIST DU IHR GROSSES VORBILD.
WAS?! WER VON EUCH IST BEIM SEX DER PASSIVE?! WER DER AKTIVE?!
DARF ICH ZUSCHAUEN?! EIN VIDEO MACHEN?! WIE, ICH SOLL MICH SCHÄMEN?! NATÜRLICH SCHÄME ICH MICH, ABER ICH WILL ES UNBEDINGT WISSEN!!
OH...
UND SIE IST NICHT DEIN EINZIGER FAN.

SCHUMP
AH...!
SCHUMP
SCHUMP
AH...
TATSUMI...
UH...
HNF...
LECK
HAA...
AH!
GJUTSCH
AH...
ICH...
... KOM-
ME...
GJUTSCH
SHUICHI!!!
SPLODD

HAA...
ICH KANN ES KAUM ERWARTEN, IN DIR ZU SEIN...
HAA...
HAA...
HAA...
DU LIEBST MICH SO SEHR, SHUICHI.
JA...
DAS WILL ICH AUCH...
ICH...
... LIEBE DICH...
KOMM...
... SHUICHI...!
... GENAUSO SEHR.

WAS...
... MACHST DU FÜR EIN GESICHT...?
GRAPP
?!
FWUMP
HNH...
HNH...
UH...
SCHLUDD
SCHLUDD
...
HAA...
HAA...
TATSUMI...

HAA...
HAA...
Uh...
SEIN ERREGTES GESICHT...
SCHLUDD
DAS...
... MACHT MICH TOTAL HEISS.
Uhh ...
Hnnh ...
Hnf ...
SCHNELL ...
SCHLOBB
SCHLOBB
SCHLUNZ
ICH WILL DICH ...
ICH KANN ES KAUM ERWARTEN...
... DICH IN MIR ZU SPÜREN...!

WOW!
BAMM
DU HAST JA SCHON EINEN STÄNDER.
...
SORRY.
Haa ...
DAS IST ALSO DER TEIL VON SHUICHI, DER SONST IN MIR DRIN STECKT...
SCHLUCK
...
SCHLOBB
SO WAS...
ICH HATTE NOCH NIE EINEN SCHWANZ IM MUND.
ICH HÄTTE GEDACHT, ES WÄRE MIR IRGENDWIE UNANGENEHM.

ZIPP
RITSCH
!
SCHLUCK
HE, HE.
ICH WERDE ES DIR SO RICH-TIG SCHÖN BESORGEN ...
... SHUICHI.
GJUMM

DA BEKOMME ICH LUST, NOCH MEHR FÜR IHN ZU TUN.
SHUICHI.
SETZ DICH MAL DAHIN.
...?
WAS IST, TATSUMI?
BLEIB EINFACH SO.
SWIDD
?!
TA ...
TATSUMI ?!
JETZT KOMM SCHON.

TJA...
DANN MUSS ICH MICH WOHL UM EINEN UMZUG KÜMMERN.
SIEH EINER AN...!
ER SIEHT ÜBERGLÜCKLICH AUS.
JA.

KNARZ
BITTE LASS UNS ZUSAMMEN-ZIEHEN.
DAS WÜNSCHST DU DIR?
JA.
JEDE SEKUNDE, DIE ICH NICHT MIT DIR VERBRINGEN KANN...
... IST EINE QUAL FÜR MICH.
VERSTEHE.

ICH MÖCHTE ...
... IMMER MIT DIR ZUSAMMEN SEIN.

ICH...

MIT DEINEN GUTEN UND DEINEN NICHT GANZ PERFEK- TEN SEITEN.
DU BIST MEIN FREUND, DEN ICH ÜBER ALLES LIEBE.
VERSTEHST DU?
SHUICHI ...
HIER STEHT DEIN TATSUMI VOR DIR UND SAGT DIR, WIE SEHR ER DICH LIEBT.
DA WÄRE ES DOCH UNSINN, SICH JETZT ZURÜCK- ZUHALTEN. NICHT WAHR?
WAS MÖCHTEST DU TUN?
KOMM, SAG ES.

ICH LIEBE DAS ALLES AN DIR.
ICH MAG DICH...
... SO WIE DU BIST.
AUCH WENN DU ANSTRENGEND SEIN KANNST.
DU WOLLTEST NICHT SCHLECHT VOR MIR DASTEHEN, SAGST DU.
ABER WIE WAR DAS, ALS DU DICH NICHT GETRAUT HAST, MIT MIR INS BETT ZU GEHEN...
... WEIL DU NOCH JUNGFRAU WARST?
ÄH... DAS ...
SCHLUCK
HÖR ZU...

VE ... VERGISS ES ...!
NOCH EIN MAL, TATSUMI.
WAS?!
ES BIS ZUM GEHTNICHT-MEHR MIT MIR ZU TREIBEN, IST FÜR IHN ZURÜCKHAL-TUNG...?!
DAS REICHT ...
AAH ... AAAAH!
...
TATSUMI?
HAAA ...
HE ... HE, HE.
SO IST DAS ALSO.

DANN BEGEGNETEN WIR UNS NACH ALL DEN JAHREN WIEDER.
DESHALB WILL ICH DICH JETZT AUF KEINEN FALL MEHR LOSLASSEN.
EIGENTLICH WÄRE ICH GERN EGOISTISCHER. ICH MÖCHTE NOCH VIEL MEHR MIT DIR ZUSAMMEN SEIN...
... DOCH ICH HALTE MICH ZURÜCK.
HÄ...?
DU...
... HÄLTST DICH ZURÜCK...?
NICK

SHUICHI ...
ICH WOLLTE NICHT, DASS DU VON MIR ENTTÄUSCHT BIST...
... WENN DU DICH DARAN ERINNERST, WAS FÜR EINE JÄM-MERLICHE FIGUR ICH DAMALS AB-GEGEBEN HABE.
ENTTÄUSCHT ...?
NACHDEM ICH VON DIR EINE ABFUHR BEKOMMEN HATTE...
... GAB ICH DEN GEDANKEN AN DICH SOGAR AUF.
ICH VERSUCHTE ES ZUMIN-DEST.
DOCH ICH KONNTE NIE-MANDEN MEHR SO LIEBEN WIE DICH.

ICH HATTE ANGST, SCHLECHT VOR DIR DAZUSTEHEN.
NATÜRLICH...
MIR BEDEUTET DIESE ERINNERUNG SEHR VIEL. DAS WAR DER ANFANG VON ALLEM.
DER TAG, AN DEM ICH VON DIR GERETTET WURDE.
ALS DU MICH DANACH ANGELÄCHELT HAST...
... HAB ICH MICH AUF DER STELLE IN DICH VERLIEBT.

BITTE ERZÄHL MIR...
WENN DU SO GROSS GEWORDEN BIST...
... DÜRFTEST DU NACH MEINEM ABGANG VON DER SCHULE KEINE SCHWIE-RIGKEITEN MEHR GEHABT HABEN.
... NOCH VIEL MEHR ÜBER DICH.
DU ER-INNERST DICH ALSO WIEDER AN ALLES.
WARUM HAST DU NICHTS GE-SAGT?
...

DANKE FÜRS AB-HOLEN.
GERNE.
WARUM...
... MACHST DU DARAUS SO EIN GEHEIM-NIS?
WEISST DU, SHUI-CHI...
IM VERGLEICH ZU DAMALS BIST DU WIRK-LICH RIESIG GEWORDEN.
DAS MÖCHTE ICH GERNE WISSEN.
AB DER ELFTEN KAM ICH INS WACHS-TUM.
AHA.
UND NICHT NUR DAS...

DAS WARST DU DAMALS.
SHUICHI.
DU BIST FRÜH DRAN.
ICH BIN EHER GE-GANGEN.
ICH DACHTE MIR, DU WAR-TEST SICHER SCHON. ICH KENNE DICH DOCH.

MACH'S GUT, KLEI-
NER.
TÄTSCHEL ぽん
TÄTSCHEL ぽん
VERSTEHE...
WIE KONNTE
ICH DAS VER-
GESSEN...?

WUSCHEL
WUSCHEL
WUSCHEL
?!
??
SO WAS.
DU SIEHST GAR NICHT SO ÜBEL AUS.
NA JA...
MIR KANNST DU NATÜRLICH NICHT DAS WASSER REICHEN.

HÄ?
WER BIST DU?
!
DAS IST TATSUMI AUS DER ZWÖLF-TEN!
TROT-TEL!
WER SICH DEN ZUM FEIND MACHT, HAT ANGEBLICH BEI ALLEN MÄDELS VERSCHISSEN!
WAS ?!
IM ERNST ?!
FRAUEN SIND SÜSS, ABER NICHT OHNE!
...
TU...
TUT UNS ECHT LEID...!!
VERSUCHT DAS BLOSS NIE WIE-DER!
ぽんっ PADD
ビクッ ZUCK
!

DAMIT LASSEN WIR DICH NOCH GUT DAVON-KOMMEN!
LOS, HER MIT DER KOHLE!
DOMP
HEY, IHR!
WAS SOLL DAS WERDEN?
!
DAS IST ABER NICHT DIE FEINE ART...
... UNTER FREUN-DEN!

* 10.000 Yen sind etwa 85 Euro.

SELBST SO WAS...
... IST DIR ANSCHEI-NEND KEINE ERINNERUNG WERT...
IN DER ZWÖLFTEN KLASSE...
AH...!
JETZT ERINNERE ICH MICH WIEDER...

WOVON REDEST DU?
WAS?
ERIN-NERST DU DICH NICHT?
DU HAST MAL...
... EINEM AUS DER ELFTEN GEHOLFEN, DEM SIE AUF DEM SCHULHOF DIE KOHLE ABZIEHEN WOLLTEN.
DANACH HING DER KERL BIS ZUM ABSCHLUSS IMMER IN DEINEM DUNST-KREIS RUM.
...
DAS WEISST DU ECHT NICHT MEHR? NICHT ZU FASSEN!
HA! HA! HA!

MANN, DASS DU HOST GEWORDEN BIST, PASST ECHT WIE DIE FAUST AUFS AUGE!
DER GRÖSSTE FRAUENHELD DER KLASSE SCHLÄGT AUS SEINER BELIEBTHEIT ORDENTLICH KAPITAL. DA KANN MAN GLATT NEIDISCH WERDEN.
HE, HE.
ACH, NA JA...
MISTKERL!!
ICH WÜNSCH DIR VOLL DEN STRESS AN DEN HALS MIT DEINEN WEIBER-GESCHICHTEN!!
IM MOMENT STRESST MICH EINE MÄNNER-GESCHICHTE...
AH!
WEISST DU NOCH...?
DAS WAR ECHT LUSTIG DAMALS.
HM?
NA, DIESER TYP DER HINTER DIR HER WAR.
SCHÖNLINGE HABEN'S AUCH NICHT LEICHT, DACHTE ICH DA. HAST MIR ECHT LEIDGETAN.
WELCHER TYP...?

ガヤ PALAVER
ICH HATTE GEHOFFT...
... DAS TREFFEN MIT DEN ALTEN KLASSENKAMERADEN WÜRDE MEINER ERINNERUNG AUF DIE SPRÜNGE HELFEN.
ガヤ PALAVER
ABER ICH KOMM EINFACH NICHT DRAUF.
ガヤ PALAVER
HAAAA ...
WAS MACHE ICH NUR...?
WAS SEUFZT DU DENN SO?
HI!
!
FUNKEL
TAMURA.
DU KANNST BEI EINEM KLASSENTREFFEN DOCH KEIN GESICHT MACHEN WIE DREI TAGE REGENWETTER...!
KOPF HOCH, TATSUMI! HEUTE WIRD GEFEIERT!!
BIST SCHON HACKEVOLL!
DU VERTRÄGST WOHL IMMER NOCH NICHTS.

PROST AUF DAS KLASSEN-TREFFEN DER 12 A!!!
がや
RUMOR
がや
RUMOR
がや
RUMOR
HAAA...
SEITDEM HABE ICH SHUICHI EINE WEILE NICHT GESE-HEN, WEIL WIR BEIDE SO BESCHÄFTIGT WAREN.
ER WOLLTE MICH HEUTE ZWAR ABHO-LEN...
... ABER WOHL IST MIR DABEI NICHT.

PADAMM
WUSCHEL
くしゃっ
WAS SOLL DAS?!
* GEGRILLTE FLEISCHSPIESSE, HÄHNCHENFLÜGEL, MUSCHELN.

NEULICH KONNTEST DU DICH DRÜCKEN...
... DOCH JETZT WIRST DU MIR VERRATEN, WARUM DU DICH IN MICH VERLIEBT HAST!
...
...?
DAS MÖCHTE ICH NICHT.
?!
WIR FEIERN PROJEKTAB-SCHLUSS, ICH MUSS LOS.
HÄ?
HALT, WAR-TE...!

UND DU STEHST AUF MEINE STIMME.
?!
DAS SEHE ICH AN DEINER REAKTION.
WENN WIR SEX HABEN...
... BRINGT DICH MEINE STIMME ZUM KOMMEN.
WAS?!
DANN WEISST DU BESCHEID ...
... UND MACHST DAS MIT ABSICHT?!
KLAR.
DAS MACHT MICH UNHEIMLICH GLÜCKLICH.
DIESER MISTKERL!!
MIR WILL ER NICHT VERRATEN, WESHALB ER SICH IN MICH VERLIEBT HAT...
... WÄHREND ER OFFENBAR ALLES ÜBER MICH WEISS...!!
DAS IST ECHT UNFAIR!!
WEGSCHIEB
HEY!
SHUICHI!!

HE! HE!
JA, ICH LIEBE DICH.
SCHAUDER
BADOM
BLUSH
UND DU MICH AUCH.

DAS IST DAS HAARWACHS, DAS DU VERWENDEST, STIMMT'S?
DU HAST GESTERN GESAGT, DEINS SEI ALLE. ALSO HAB ICH DIR NACHSCHUB GEKAUFT.
OH.
DANKE.
ÄH, MOMENT...
IST ECHT NETT VON DIR, ABER...
ICH HAB DIR ERZÄHLT, WELCHE SORTE ICH NEHME!?
ACH JA??
JA...!
ICH HAB DICH MAL GE-FRAGT.
DU...
... LIEBST MICH WIRKLICH, NICHT WAHR?
...

JETZT...
Rundumschutz
Minze
Protect EX
MOUTHW
COOL
... MÖCHTE ICH ES ERST RECHT WISSEN.
...
WESHALB...
... HAT ER SICH IN MICH VERLIEBT?
EHE ICH MICH VERSAH...
... IST SHUICHIS WOHNUNG ZU MEINEM ZUHAUSE GEWORDEN.
DOCH ALLES, WAS HIER MIR GEHÖRT, HAT ER BESORGT.
TATSUMI...

HA, HA!
IDIOT!
ER IST SO SÜSS.
DARUM BRAUCHT ER SICH DOCH KEINE SORGEN ZU MACHEN.
ICH HOLE DICH HINTERHER AB!
HAST DU SIE NOCH ALLE?
WAS FÜR EIN DUMMKOPF …

MEIN KLASSEN-TREFFEN.
ZUCK
ICH SOLL UNBEDINGT KOMMEN, WEIL ICH DAS LETZTE MAL NICHT DA WAR.
KLASSEN-TREFFEN, HMM...
JA...
MACHT IHR SO WAS NICHT?
...
GEHST DU HIN?
?
WAS HAST DU?
...
ICH MÖCHTE NICHT...
... DASS DU HIN-GEHST.
?
WIESO?
IST DOCH GANZ HARMLOS...
...
ICH HAB ANGST, JEMAND KÖNNTE SICH DORT AN DICH RANSCHMEISSEN.
BWAHA-HAHA!

RUMP
Ah!
FÜR EINEN SEXUELLEN SPÄTENTWICKLER IST SHUICHI ECHT EINE GRANATE IM BETT...!!
SCHUMP
SCHUMP
Ah! Gwaaah...!
Auuu...
Aaah...!
ICH BIN SO OFT GEKOMMEN, ICH HAB SCHON KEINEN SAFT MEHR...
DASS MIR SOWAS PASSIERT!!
TATSUMI? FEHLT DIR WAS?
NEIN!!
BWWWH
BWWWH
!
BIP
AH...
NÄCHSTE WOCHE...
WAS IST DA?

FWUMP
Haaa…!
WARUM WEICHT ER DER FRAGE AUS?
GIBT ES IRGENDEINEN GRUND...
... WESHALB ER ES NICHT ÜBER SICH BRINGT, ES MIR ZU SAGEN?
Haa …
Haa …
Haa …
ICH...
... BIN PLATT!!
NICHT ZU FAS-SEN...
DER KERL BRINGT MICH DAZU, DAS HANDTUCH ZU WERFEN! MICH!!
Das nagt an meinem Stolz als Top-Host von Kabukicho!!
ICH...
... MUSS SCHON SAGEN...

DU WEISST ABER GUT BESCHEID...
ACH, IST GANZ EASY. DU HAST EINEN FESTEN ZEITPLAN.
HE, HE.
DA KRIEGT MAN JA ANGST!
ICH ERINNERE MICH NICHT, DIR GESAGT ZU HABEN, WANN ICH SCHICHT HABE.
ICH HOLE DICH AB.
HNH.
...
ER HAT GE-SCHICKT...
... DAS THEMA GEWECH-SELT.
FALLS WIR UNS SCHON VOR SEINEM LIEBESGESTÄNDNIS BEGEGNET SIND...
... UND ICH MICH NICHT MEHR DARAN ERINNERE, TUT ES MIR WIRKLICH LEID.
TROTZDEM...

...
ES IST MIR ECHT PEINLICH, DAS NICHT MEHR ZU WISSEN...
SIND WIR UNS DAMALS VOR DEINER LIEBESERKLÄRUNG SCHONMAL BEGEGNET?
NEIN.
SIND WIR NICHT.
ES GAB...
... KEINEN BESONDEREN ANLASS.
!
ICH MUSS MICH JETZT AUF DEN WEG MACHEN.
DAS...
... NEHME ICH IHM NICHT AB...
...
WEICHT...
... ER MIR AUS...?
DU HAST HEUTE...
... UM FÜNF UHR SCHLUSS, STIMMT'S?

ICH LIEBE DICH...
... TATSU-MI.
DA IST JE-DOCH...
HNH...
... EINE SA-CHE, DIE MIR NICHT AUS DEM KOPF GEHT.
ICH LIEBE DICH.
HE, HE...
WIE OFT WILLST DU DAS NOCH SAGEN?
DAS KANN ICH GAR NICHT OFT GENUG SAGEN!
...
SEIT DER SCHULE HAT SHUICHI AUS-SCHLIESS-LICH MICH GELIEBT.
SAG MAL...
JA?
WARUM...
... WAR ER SO AUF MICH FIXIERT?
WES-HALB...
... HAST DU DICH IN MICH VERLIEBT? GAB ES EINEN SPEZIELLEN ANLASS?
DAS WÜR-DE ICH GERNE WIS-SEN.

DER KERL VÖGELT MICH NOCH ZU TODE…!
UNSER TAGES- UND NACHT-RHYTHMUS IST GENAU ENTGEGEN-GESETZT.
WIR HABEN NUR WENIG ZEIT FÜR UNS.
ICH BIN DER TOP-HOST VON KA-BUKICHO…
… UND SHUICHI IST EIN BELIEBTER SYNCHRON-SPRECHER.
WENN WIR UNS SE-HEN…
… STÜRZEN WIR UNS AUF-EINANDER UND TREIBEN ES WIE DIE KARNICKEL.
ERSCHÖPFT
KNUTSCH
HAA…
KNUTSCH
HAA…
VIER MAL HEU-TE…
KAUM ZU GLAUBEN, DASS ER VOR KURZEM NOCH JUNGFRAU WAR…
HEY!
HEUTE IST NICHT MEHR DRIN.
SHUICHI!
DU MUSST NACHHER ZUR AR-BEIT.
STIMMT NATÜR-LICH…
OBWOHL WIR BEIDE BE-RUFLICH STARK EINGEBUNDEN SIND, FUNKTIO-NIERT UNSERE BEZIEHUNG GUT.

FWUMP
GRAPP
Haa...
TATSU-MI...
Haa...
Haa...
HUU...
ICH LIEBE DICH...
KNUTSCH
HUU
...
HAA...
HEILIGE SCHEISSE...
HAA...

Uh...
Ah...
Aaah...!
Haa...
RUMP
ズッ
Hnh...
RUMP
Ungh...
TATSUMI...!
RUMP
Ah...
HUFF
TATSUMI...
RUMP
Ah...
SH...
SHUICHI...
HAAA...
DA...
DAS REICHT...
HAAA...

WENN ICH DEINE STIMME HÖRE
KAPITEL 3

WENN ICH DEINE STIMME HÖRE – KAPITEL 2 - ENDE

... SPÜRE ICH AUCH DIE LAST DER ZEHN JAHRE.
VOR ALLEM IM HINTERN...
IN DER ERSTEN NACHT NAGELT MICH DER KERL GLEICH DREI MAL OHNE PAUSE DURCH!!
GATSCHACK
DAS IST WOHL DIE GEBALLTE KRAFT EINER MÄNNLICHEN JUNGFRAU.
HAB ICH ECHT UNTERSCHÄTZT...
ALLES IN ORDNUNG, TATSUMI?
J-JA, KLAR...
ENTSCHULDIGE, ICH KONNTE MICH EINFACH NICHT ZURÜCKHALTEN...
HIER, HEISSE SCHOKOLADE.
DANKE.
HÄ?
WAS REDEST DU DA?!
FÜR EINEN KAMPFERPROBTEN LIEBHABER WIE MICH IST DAS DOCH EIN KLACKS!!
PRAHL
PRAHL
Host Nr. 1
WIRKLICH?

ER IST EINFACH UNWIDERSTEH-LICH.
JETZT...

SCHLIDD
Uh...
Hnh!
Uuh...
SCHLIDD
GANZ WARM ...
UH...
AH...
HAA...
HAA...
HA!
ES IST, ALS WÜRDEN UN-SERE KÖRPER MITEINANDER VERSCHMEL-ZEN...
... DORT WO SIE VERBUNDEN SIND.
ICH LIEBE DICH...
... TATSUMI.
GJUMP
GJUMP
!
SCHUMP
TATSUMIIII...
SCHUMP
ACH, VERDAMMT ...

DAS NÄCHSTE MAL SPRITZEN WIR GLEICHZEITIG AB.
Haa ...
Ha ...!
SCHLOBB
SCHLOBB
TATSU-MI...
Hnh ...
SCHUMP
Huuuch?!
HA...
WA...
WAR-TE.
SCHUMP
SCHUMP
AH!
AH ...!
SCHUMP
ER ZIEHT IHN NICHT RAUS...?!
TATSUMI!
Uh ...
SCHUMP
SCHUMP
TA...
... TSU-MI...!
Hii ...
RUMP
RUMP

TUT... MIR... LEID...
SCHÄM
SCHÄM
...?
!
HAA...
HAA...
WAR'S DAS SCHON?
BLUSH
!
HMFF!
HA, HA!
HA...!
GJUMM
AH ...;
ZUCK
HEY!
WENN DU LACHST, ZIEHT SICH DEIN SCHLIESSMUS-KEL ZUSAM-MEN...!
AH!
ZUCK
SORRY ...!
Urgh.
HA, HA...!
HAA...
ACH...
MACH DIR NICHTS DRAUS, ICH BIN AUCH ZIEMLICH SCHNELL GEKOMMEN.
ABER...

KOMM...!
SCHUMP
Ah...
Aah...
aa...
...
BIST... DU GANZ DRIN ...?
UICHI?
HAA...

Haaa...
Haaa...
TATSUMI...
FLUDD
HAAA... HAAA...
OKAY...

ZUCK
ZUCK
BEB
HA...
HAA...
SPLODD
AH!!
ZUCK
ZUCK
AAH...
DU BIST NUR DURCH MEINE FINGER ZUM HÖHEPUNKT GEKOMMEN.
...
WEISST... DU...
HAAA...
HAAA...
DEINE... STIMME...
... GEHÖRT ECHT... VERBOTEN.
RITSCH

ES FÜHLT SICH AN, ALS WÜRDE MEIN BAUCH LANGSAM SCHMELZEN.
SH...
SHU...
Ah!
SHUICHI...!
Haa...
ICH HATTE KEINE AHNUNG, WIE EMPFINDLICH DIESE STELLE IST...!!
DEIN STÖHNEN ...
... IST UNHEIMLICH SEXY.
GJUTSCH
Uh ...
GJUTSCH
GJUTSCH
LASS MICH BITTE MEHR DAVON HÖREN...
Ah...
Ah!
DAS MACHT MICH RICHTIG GEIL...
Haa...
SEINE STIMME...
SCHAUDER

WA
...?
WAS WAR
DAS...?
HÄ
...?
ICH WILL
VERSUCHEN,
MÖGLICHST
LEISE ZU
SEIN...
?!
TUPP
ZUCK
IST
DAS DIE
STELLE,
TATSUMI?
RUBB
AH
...!
GJUDD
GJUDD
SAG
BLOSS
...!
UAAAH...!
NICHT DA...!
GJUDD
GJUDD
IST DAS
ETWA DER
LEGENDÄRE
MÄNNLICHE
G-PUNKT...?!
Yukinas
Mangas
Boys
Love
NIIII...
...
CHT
...
GJUDD
ZUCK
ZUCK
GJUDD
AH!

J...
JA...!
HAA...
HAA...
PFLUDD
ZUCK
!
GJUTSCH
S...
SEIN FINGER...
... DRINGT ...
... IN MICH EIN.
KEUCH!
KEUCH!
Uh...
FLUTSCH
Huh
Nuh ...
...
FLUTSCH
A...
ALLES GUT...
HUFF HUFF
ALLES OKAY?
JETZT VERSUCHE ICH ES MIT ZWEI FIN-GERN.
Hugh.
Huh ...
VERDAMMT, NUN IST ES MIR DOCH PEINLICH, OBWOHL ICH DIE INITIATIVE ERGRIF-FEN HATTE...
SCHLIDD
SCHLIDD

ICH WERDE ...
ÜBERNIMM DAFÜR DIE VERANTWORTUNG...
Ha ... Haa ...
... DIESE ZEHNJÄHRIGE LIEBE VOLL UND GANZ ANNEHMEN.
ICH WERDE VORSICHTIG SEIN...
... UND VERFÜHRE MICH WEITER MIT DEINER STIMME.

WENN DU DAS SO SEXY SAGST...
... KANN ICH NICHT WIDERSTEHEN.
HÄTTEST DU DENN WAS DAGEGEN?
SO EINE FRAGE IST IN DIESER SITUATION ECHT UNNÖTIG, SHUICHI.
BITTE BERÜCKSICHTIGE, DASS ICH DICH SCHON SEIT ZEHN JAHREN LIEBE!
HMFF!
HA, HA!
MANN, DAS IST EIN BISSCHEN HEFTIG.
JA, KANN ICH MIR DENKEN...
TROTZDEM...
NATÜRLICH.
WENN DU DAS SO MÖCHTEST.
DU HAST MICH VERÄNDERT.
MICH UND MEINE WELT.

ICH MÖCHTE MIT DIR SCHLAFEN.
ICH HÄTTE MIR DAS MIT EINEM MANN NIE VORSTELLEN KÖNNEN.

Hnnh ...
KNUTSCH
HAA ...
RUBB
ZUCK
!
DU BIST GANZ SCHÖN ERREGT, TATSUMI.
DU DOCH AUCH.
JA.
...
TATSUMI...

LASS UNS...
... VON JETZT AN ...
... GEMEINSAM ERFAHRUNGEN SAMMELN, SHUICHI.

VERSTEHE.
NA...
... IST DOCH ALLES HALB SO WILD, ODER?
DANN BIST DU EBEN UNER-FAHREN.
ICH HATTE AUCH NOCH NIE WAS MIT EINEM MANN.
DIE ZEHN JAHRE VERKOM-PLIZIEREN DIE SA-CHE VIELLEICHT ETWAS, ABER WAS SOLL'S.

ICH HATTE ANGST ...
... DU WÜRDEST MICH NICHT MEHR MÖGEN, WENN ICH WAS FALSCH MACHE.
JEDES MAL, WENN DU MICH INS BETT KRIEGEN WOLLTEST, BEKAM ICH PANIK, DASS MEINE UNERFAHRENHEIT AUFFLIEGT...
DAS IST WIRKLICH VERDAMMT HARTNÄCKIG...!
ALSO DESHALB HAST DU MICH IMMER ABGEWIMMELT?
ES TUT MIR LEID.
GANZ AM ANFANG...
... BIST DU DOCH ÜBER MICH HERGEFALLEN!
ÄH, DA...
... ÜBERWOG DIE ANGST, DU KÖNNTEST MIR DURCH DIE LAPPEN GEHEN.
WAS WAR DA LOS?
DAS HEISST ...
DU HAST...
... MEINE ANNÄHERUNGSVERSUCHE NICHT ABGEWEHRT...
... WEIL DU MICH SATT HAST ODER LOSWERDEN WILLST?
WAS?!
NATÜRLICH NICHT! AUF KEINEN FALL!!
HMM...
SO WAS...

DU BIST NOCH JUNGFRAU?
わぁ BLUSH
...
IM ERNST...?
ZEHN JAHRE...
SEITDEM KONNTE ICH DICH EINFACH NICHT VERGESSEN. ES GELANG MIR AUCH NICHT, MICH IN JEMAND ANDEREN ZU VERLIEBEN...
ALS DU DICH AUCH IN MICH VERLIEBT HAST DACHTE ICH...
... ES KÖNNTE IRGENDWANN SO WEIT KOMMEN UND FING AN, MICH ZU INFORMIEREN UND VORZUBEREITEN.
VOR ZEHN JAHREN HABE ICH MICH IN DER SCHULE IN DICH VERLIEBT.

ICH HABE...
... KEI-NERLEI ERFAH-RUNG.
ERFAH-RUNG...?
MOMENT ...
HEISST DAS ETWA...?
ICH...
... HABE NOCH NIE MIT JEMANDEM GESCHLAFEN, AUCH NICHT MIT EINER FRAU.

WENN DU DICH VON MIR TRENNEN WILLST, DANN...
NEIN!
ICH...
... WILL MICH AUF KEINEN FALL VON DIR TRENNEN.
SCHAUDER
...
ALSO ...
... WAS IST ES DANN...?
...
MIR FEHLT ETWAS.
?

LASS MICH, SHUICHI!
KLAMMER
... WARTE ...
... BITTE.
...
ES TUT MIR LEID.
ICH WERDE DIR ALLES ERKLÄREN...
BITTE...
... GEH NOCH NICHT.

... BIN ICH SEXUELL VÖLLIG UNINTER-ESSANT!
NUR ICH...
ICH LAS-SE DICH KALT...!
... HABE MICH IN DICH VER-LIEBT.
ES REICHT.
GATSCHACK
!
TATSUMI!!

TATSUMI ...?
DIE REALITÄT IST WOHL ANDERS, ALS DU DIR VORGESTELLT HATTEST?
WAS?
ICH BIN NICHT SO, WIE DU DIR DAS DAMALS AN DER OBERSCHULE AUSGEMALT HAST.
SAG ES RUHIG, WENN ICH DEINEN IDEALEN NICHT ENTSPRECHE.
TATSUMI, WAS HAST DU DENN...?
FÜR DICH...
DAS TUT WEH.
OFFENBAR HABE NUR ICH MICH VERÄNDERT.

ICH...
... HABE MORGEN SCHON WAS VOR.
DU HAST MORGEN AUCH NICHT FREI, ODER?
AH...
KRAMPF
VERSTEHE.
ICH BRINGE DICH NACH HAUSE, SELBST WENN ES SPÄT WIRD.
DU WIMMELST MICH SCHON WIEDER AB.

DA SIND WIR, TATSUMI.
SHUICHI ...
JA...?
ICH WERDE HEUTE BEI DIR ÜBER-NACHTEN.

LOS, KOMM!
...
ICH MUSS SCHLEUNIGST WAS UNTERNEHMEN.
BEVOR...
... ICH ES NICHT MEHR SCHAFFE, MICH VON DIR ZU TRENNEN.

SCHLIESSLICH MACHT ER KEINERLEI ANSTALTEN, MICH INS BETT ZU KRIEGEN.
VIELLEICHT BIN ICH NICHT DAS, WAS ER SICH VORGESTELLT HAT...
ÜBER-TREIBST DU DA NICHT ETWAS...?
WENN DAS SO IST...
SHUICHI.
KLEINE PLANÄNDE-RUNG...
Mieten Sie
WIR SCHENKEN UNS DAS ES-SEN UND FAH-REN GLEICH ZU DIR.
WIE?
TATSU-MI...?
KEINE WIDER-REDE.

NA, KANNST DU DEINE WEIBLICHEN FANS ALLEIN LASSEN?
HE, HE...
EIGENTLICH IST ES VERBOTEN, AM AUSGANG AUF DIE KÜNSTLER ZU WARTEN.
VERSTEHE.
SCHON HART, WENN MAN SO BELIEBT IST.
ABER ...
... BEI SO VIELEN FANS BRAUCHST DU MICH DOCH GAR NICHT, ODER?
WAS REDEST DU DA?
NIEMAND AUF DER GANZEN WELT KÖNNTE DICH ERSETZEN.
MANN...

ふわっ
FLAFF
ドキッ
BADUMM
TUT MIR LEID, DASS DU WARTEN MUSSTEST.
GEHEN WIR.
Parkplatz
0 Yen /
Stunde

WAS IST DA LOS?
AUF WEN WARTEN DIE MÄDELS?
きゃあ PLAPPER
きゃあ PLAPPER
Aaaah!
SHUICHI SAITO, ICH BIN EIN FAN VON IHNEN!
AUF SHUICHI...
DARF ICH IHNEN DAS SCHENKEN...?
ICH LIEBE SIE!
Oh...

* OKONOMIYAKI IST EINE ART PFANNKUCHEN MIT DIVERSEN HERZHAFTEN ZUTATEN, DER AUF EINER GRILLPLATTE BEI TISCH ZUBEREITET WIRD.

DIE BEZIEHUNG HÄLT DOCH NICHT DAS, WAS MAN SICH DARUNTER VORGESTELLT HATTE...
KANN AUCH SEIN...
NICHT DAS, WAS MAN SICH VORGESTELLT HAT...?
WIE AUCH IMMER, ALS FRAU DENKE ICH MIR DA SCHON: „JETZT HAB DICH NICHT SO, DU ARSCH!"
NA JA... DIR WÜRDE ICH NATÜRLICH ALLES VERZEIHEN...
...
VERLEGEN
VERLEGEN
HI, HI.
VERLEGEN
WILL ER MICH ETWA LOSWERDEN...?
BENIMMT ER SICH DESHALB SO...?
KRAMPF

HE! HE!
VIEL-LEICHT ...
... LIEGT DAS DAR-AN, DASS ICH...
...VER-LIEBT BIN.
SCHOCK
HI... HILFE, ICH KRIEG ZU VIEL...!
TATSUMI IST VER-LIEBT... ♡♡
Haaach
DARF ICH EUCH WAS FRAGEN, MEINE HÜB-SCHEN?
NATÜR-LICH! WAS DU WILLST ...! ♡♡
WAS HALTET IHR DAVON, WENN JE-MAND AUF DISTANZ GEHT, SOBALD MAN EIN PAAR GEWOR-DEN IST?
HÄ?
NA JAAA... VIEL-LEICHT...
... FÜHLT SICH DIE PERSON JETZT AUF DER SICHE-REN SEITE UND BEMÜHT SICH NICHT MEHR SO.
ODER...

Night LOVE
CLUB C
Night LOVE
BIN ICH...
... SO UNATTRAKTIV ...?
はぁ…
SEUFZ
?!
WAAAAS?!
WIE KOMMST DU DARAUF?! ÜBERHAUPT NICHT!!
DU BIST EIN COOLER TYP UND SIEHST WAHNSINNIG GUT AUS! AUSSERDEM BIST DU NETT ZU UNS!
DU BIST ABSOLUTE SPITZENKLASSE!!
WIRKLICH?
JA!!!
ÄH... I-ICH FINDE... DU BIST IN LETZTER ZEIT... SOGAR NOCH HEISSER GEWORDEN...
Ja, stimmt!

DA IGNORIERE ICH MEINEN STOLZ UND MACHE IHM EIN EINDEUTI- GES ANGE- BOT...
... UND DER KERL LÄSST MICH ABBLIT- ZEN...!!
AM ANFANG WAR ER DOCH SO ENTSCHLOS- SEN!
Scheißeee...!!
WAS SOLL DAS, SHUICHI SAITO?!

WAS ER WOHL FÜR EIN GESICHT GEMACHT HAT, ALS ER DAS GESCHRIE-BEN HAT...?
ES IST JA NICHT SO, ALS WOLLTE ICH UNBEDINGT MIT IHM IN DIE KIS-TE SPRINGEN...!
POFF
ABER...
ICH MÖCHTE...
... VON IHM BERÜHRT WERDEN.
... WENN ICH MIT IHM ZUSAMMEN BIN UND SEINE STIMME HÖRE, WÄCHST IN MIR DER WUNSCH NACH MEHR.
AUF DIE DAUER IST SOLOSEX ÖDE...
ACH, VER-DAMMT!

BWWWH
Tatsumi
Nächsten Mittwoch habe ich frei. Wie wäre es mit einer gemeinsamen Nacht?
Shuichi
Tut mir leid. Da habe ich abends schon was vor. Wie wäre es mit Mittagessen? Kino ist auch eine Idee.
TSS!
SCHON WIEDER EINE ABFUHR...!
Tut mir leid. Da habe ich abends schon was vor. Wie wäre es mit Mittagessen? Kino ist auch eine Idee.
Tatsumi
OK
BWWWH
INZWISCHEN HAB ICH MICH AUCH ÜBER SEX ZWISCHEN MÄNNERN SCHLAUGEMACHT.
ICH FÜR MEINEN TEIL...
... WÄRE BEREIT.
Tatsumi
OK
Shuichi
BIN DABEI!
OKIDOKI!
Wie süß...!!

BWWWH
BWWWH
Shuichi
Danke für heute.
...
TIPP
TIPP
Danke für heute.
Tatsumi
Nächsten Mittwoch habe ich frei. Wie wäre es mit einer gemeinsamen Nacht?
SCHLUCK
ER IST NETT UND RÜCK-SICHTSVOLL.
ICH BIN GERN MIT SHUICHI ZUSAMMEN.
NACHDEM ER MIR SEINE GEFÜHLE GE-STANDEN HAT, BIN ICH EINE LIEBESBEZIE-HUNG MIT IHM EINGEGANGEN.
AUSSERDEM SIEHT ER KLAS-SE AUS UND SEINE STIMME IST DER REINE WAHNSINN.
ICH BIN MIR NATÜRLICH DAR-ÜBER IM KLAREN, DASS ICH IN IHN VERKNALLT BIN.

Ich könnte dich fressen
ICH LESE HEIMLICH EIN PAAR VON YUKINAS MANGAS... DIE SIND GAR NICHT SO ÜBEL!
MEINE SCHWESTER DARF NUR NICHTS DAVON MITKRIEGEN...
SONST GIBT ES ÄRGER.
FRECHHEIT!
FINGER WEG VON MEINEN SACHEN!!
AAAH!
BLEIB LOCKER, DANN HABEN WIR BEIDE SPASS!
AAH!
AH...
LOS, KOMM ...!
JA!
JAAAA ...!
SEIT SEINER LIEBESERKLÄRUNG HABEN WIR KEINEN RICHTIGEN SEX GEHABT.
UND DIE WEITEREN AUSSICHTEN SIND...
...

ICH HÄTTE MIR NIE VORSTELLEN KÖNNEN, MIT EINEM MANN ZUSAMMEN ZU SEIN.
DOCH DANN...
... VERLIEBTE ICH MICH IN SHUICHIS STIMME...
... UND SCHLIESS-LICH AUCH IN IHN.
MIT IHM WÄRE ICH BEREIT DAZU.
KNARZ
PUH ...

...
SORRY.
ICH MUSS MORGEN FRÜH RAUS.
AH... VER-STEHE.
ALLES KLAR.
DANN ...
... GUTE NACHT.
PADAMM
...
SEIT DEM TAG, ALS WIR EIN PAAR WURDEN...
... HAT ER NICHT EINMAL VERSUCHT, MICH INS BETT ZU KRIEGEN...!!

WENN ICH DEINE STIMME HÖRE
KAPITEL 2

JETZT SIND SHUICHI UND ICH SCHON DREI WOCHEN ZUSAMMEN.
HNN...
KNUTSCH
AAH...
SHUICHI...
DARF ICH...
... HEUTE ÜBER NACHT BLEIBEN?
WENN ICH DEINE STIMME HÖRE
KAPITEL 2
ALLER-DINGS...

ES SPIELT FÜR MICH KEINE ROLLE, OB ER EIN MANN IST, ODER WAS AUCH IMMER.
NA JA...
WENN DU DAS SO SAGST, KANN ICH WOHL NICHT ANDERS.
ICH MAG IHN SO, WIE ER IST.
WENN ICH DEINE STIMME HÖRE – KAPITEL 1 - ENDE

ICH LIEBE DICH...
... TATSUMI.
ICH MÖCHTE MIT DIR ZUSAMMEN SEIN.
ICH HATTE BISHER KEINE AHNUNG, WAS FÜR EIN GEILES GEFÜHL ES SEIN KANN, EINFACH NUR BEIM NAMEN GENANNT ZU WERDEN.
SEINE STIMME IST ABER AUCH ZU HEISS.
KEIN WUNDER...
... WENN ICH MICH IN IHN VERKNALLE.

HEI ...
HEISST DAS...
HÖR MAL ...
IN DEM PUNKT SCHENKEN WIR UNS NICHTS.
ICH HAB DEINE STIMME ALS WICHS-VORLAGE VERWENDET.
WAS?!
DU HAST ES NOCH NICHT GESAGT.
SAG MIR, DASS DU MICH LIEBST.
!
ABER RICHTIG, MIT MEINEM NAMEN!
ICH STEHE IMMER NOCH AUF FRAUEN. DARAN HAT SICH NICHTS GEÄNDERT.

MANN, BIST DU GROSS GEWORDEN!
DAMALS WARST DU VIEL SCHMÄCHTIGER ALS ICH...
...
TUT MIR LEID.
HM?
DAS IST DIR UNANGENEHM, NICHT WAHR?
ICH LIEBE DICH SEIT DER OBERSCHULE...
... UND JETZT MACHE ICH SO WAS...
EIGENTLICH WOLLTE ICH DAS FÜR MICH BEHALTEN.
DOCH ALS ICH DIR WIEDER BEGEGNET BIN, HAT MICH DAS VÖLLIG AUS DER BAHN GEWORFEN.
NA JA...

WUSSTE ICH ES DOCH.
ALS ICH DICH VORHIN AUS DER NÄHE SAH, ERINNERTE ICH MICH.
DU...
... WARST DER JUNGE, DER MIR ZUM SCHUL-ABSCHLUSS SEINE LIEBE GESTANDEN HAT.

RUNTER VON MIR!
DU...
... BIST SCHWER.
OH ...
JA.
TUT MIR LEID.
SCHWUMP
!

... KANN ICH
MICH NICHT
WEHREN.
SPLODD
GLUTSCH
GLUTSCH
ZUCK
Haa...
SHUICHI...
ZUCK

TATSUMI.
MACH ...
... DEN MUND AUF.
ZUCK
!
...
VERDAMMT, ES IST ZWECK-LOS...
WENN ER MEINEN NA-MEN SAGT, DANN...
Ha ...
SCHAUDER

H...
HEY!
HALT!
AUFKNÖPF
FUMMEL
DAS GIBT ES DOCH NICHT...!
ZUCK
RUBB
AH...
AHH!
FLUDD
SHUICHI MACHT ES MIR...
!
... MIT DER HAND...!
HUFF
GLITSCH
GLITSCH

...?
WAS...?
ER...
SLIDD
ZUCK

ICH KONNTE GERADE NOCH VERHINDERN, DASS DU AUS DEM KLUB VERSCHLEPPT WIRST.
ICH HAB DICH ZUM AUSNÜCHTERN ZU MIR GEBRACHT.
!
DA IST MAN EIN GEFUNDENES FRESSEN...
... FÜR MENSCHEN MIT BÖSEN ABSICHTEN.
WAS IST MIT DEINEN ABSICHTEN?
STIMMT.
ICH BIN AUCH EIN BÖSEWICHT.

HÄ...
WIE?!
WA...
WAS...
... MACHST DU DA...?

WIESO HÖRE ICH SEINE STIMME...?
DAS MACHT NATÜRLICH DEINEN BESONDEREN CHARME AUS.
FWUMP
ABER DIESMAL...
... HAST DU...
... WIRKLICH EIN BISSCHEN STRAFE VERDIENT.
...?
HM...?
WAS IST LOS...?
WEGGETRETEN
WO BIN ICH...?
NA, WIEDER WACH?
KNARZ

NA GUT...
U U
ALSO ECHT!
DU BIST WIRKLICH ZU UNBEKÜM-MERT.
DIESE STIMME...
FRAUEN WAREN SCHON IMMER DEINE SCHWÄCHE.
IST DAS SHUICHI...?

IST DAS NICHT...
... TATSUMI, DEN SIE DA ABSCHLEPPEN?
ICH BIN EIN FREUND VON IHM.
ICH WERDE IHN NACH HAUSE BRINGEN.
WIR HATTEN VERSPROCHEN, UNS DARUM ZU KÜMMERN.
WAS?
ABER ...
BITTE ZIEHEN SIE SICH ZURÜCK, ICH ÜBERNEHME DAS.
AUFGEREGT
ドキドキ
NERVÖS

SHUICHI...
RZZZ...
...
GRUMMEL
OH? HAT TATSUMI SCHLAPPGEMACHT?
JA, DER ARME!
ABER VORHER HAT ER UNS NOCH GEBETEN, IHN NACH HAUSE ZU BRINGEN.
WAS?
DAS WÄRE HILFREICH, DA ICH ALLE HÄNDE VOLL ZU TUN HABE.
ABER MACHT KEINE DUMMHEITEN, KLAR?
NATÜRLICH NICHT!
WIR DOCH NICHT!
GUT, DANN VIELEN DANK.
HOPPS
WIR SCHLEPPEN TATSUMI AB!!
HE, HE, HE!
TANZ
Night LOVE
ENDLICH HABEN WIR IHN IN DIE FINGER GEKRIEGT!
VERZEIHUNG...
!!

FRAUEN RIECHEN GUT.
SIE SIND WEICH UND HÜBSCH, ES FÜHLT SICH GUT AN, MIT IHNEN ZU SCHLAFEN.
ER...
... DUFTET SICHER REINLICH.
ER IST GROSS, MIT STARKEN HÄNDEN UND BREITEN SCHULTERN.
EBEN EIN MANN, WIE ICH.
WIE ER...
... MIT DIESER STIM-ME MEINEN NAMEN SAGT...
»TATSUMI.«
ES IST EIN UNMÖGLICHER TRAUM.
DAS WÜRDE ICH ZU GERNE...
... NOCH EINMAL HÖREN.

WIR DACHTEN, DU HÄTTEST HEUTE FREI.
ZURZEIT BIST DU JEDEN ABEND HIER IM KLUB, IST DAS NICHT EIN BISSCHEN VIEL?
NATÜRLICH FREUEN WIR UNS!
ACH, WISST IHR...
ICH WILL ETWAS VERGESSEN...
OH!
ER WILL VERGESSEN...
TUSCHEL
SAG BLOSS, TATSUMI HAT LIEBESKUMMER?!
TUSCHEL
WAS? SEKUNDE, DANN HEISST DAS, ER IST AKTUELL...
TUSCHEL
TUSCHEL
... ZU HABEN!
JA, DAS KANN ICH VERSTEHEN...! WIRKLICH!!
DA KÖNNTE WAS LAUFEN!
ABSCHLEPPCHANCE!!
RANRÜCK
RANRÜCK
DA HILFT NUR ALKOHOL!
WIR LEISTEN DIR GERNE GESELLSCHAFT, SO LANGE DU WILLST!
...
DANKE...
WEGGETRETEN
ER IST SO SÜSS!
EIN TRAUMTYP!

WAS...
... MACHE ICH JETZT MIT DIESER ERKENNTNIS?
IST JA NICHT SO, ALS OB IRGENDWAS DRAUS WERDEN KÖNNTE.
ER LIEBT SCHON SEIT JAHREN JEMAND ANDEREN.
OBENDREIN BIN ICH EIN MANN.
SINNLOS...
ZWECKLOS...
DIE LETZTE WOCHE HABE ICH YUKINA GELD FÜRS TAXI GEGEBEN...
... WEIL ICH NICHT WAGE, SIE ABZUHOLEN.
LASS NUR...
GELD FÜRS TAXI HAB ICH SELBST.
BITTE!
NIMM DAS GELD!
Gewissensbisse
ÄH, OKAY...
?
HAT TATSUMI WAS?
AUSSERDEM HOLE ICH MIR STÄNDIG EINEN RUNTER, WÄHREND ICH AN IHN DENKE...
VOR LAUTER SCHLECHTEM GEWISSEN TRAUE ICH MICH GAR NICHT, IHM GEGENÜBERZUTRETEN.
ICH SEHNE MICH NACH IHM, DOCH ICH WILL IHN NICHT SEHEN...
ZUMINDEST BIS SICH MEINE GEFÜHLE NORMALISIERT HABEN.
TATSUMI ...!! ♡♡

„TATSUMI!"
Hnnn...
ZUCK
..N...
N...
HAA...
... STEHE AUF SHUICHI.

...
NENN MICH NICHT UNGE-FRAGT BEIM VORNAMEN...!
ICH MUSSTE ES MIR EINGESTEHEN...
ICH...

TATSUMI!
BIS DANN...

AH...
BLUSH
EINEN SCHÖNEN FEIERABEND ALLERSEITS!
PADAMM
AUFSCHRECK
AH!
DA BIST DU JA, TATSUMI!
GATACK
!
GEHEN WIR, YUKINA!
WAS?
HALT, NICHT SO SCHNELL!
!

BITTE ...
... SAG...
... SHUICHI ZU MIR.
...
WIESO SOLL ICH IHN...
SHU ...
SHUICHI ...
... AUF EINMAL BEIM VORNAMEN NENNEN?
DANKE.

ICH KÖNNTE NIE JEMANDEN MEHR LIEBEN ALS DIESEN MENSCHEN.
SEIN HERZ IST SCHON...
AH, SO IST DAS ALSO.
WOW, GANZ SCHÖN HART-NÄCKIG...
...VERGEBEN.
SHUICHI.
HM?

ALS KOLLEGIN...
NICHT IM ROMANTISCHEN SINNE.
MEIN HERZ...
... GEHÖRT SCHON SEIT DER SCHULZEIT EINER PERSON, DIE MEINE LIEBE NICHT ERWIDERT.

... DASS DU AUF YUKINA STEHST?
DOCH ICH WAR SCHOCKIERT.
ICH SCHÄTZE SIE SEHR.
BADUMM
BADUMM
BADUMM

ICH WETTE...
... VON IHR WERDEN WIR IN ZUKUNFT NOCH EINE MENGE HÖREN.
ZUCK
HA, HA ...!
WAS IST MIT MIR?
DU HAST DEN DURCHBLICK, WAS?
EIGENTLICH...
... SOLLTE ICH MICH ÜBER LOB FÜR MEINE SCHWESTER FREUEN.
KANN ES SEIN...

FURCHT-
BAR!
IN SEINER GEGEN-
WART...
... BIN ICH VÖLLIG VON DER ROLLE!!
ICH HABE DEN EIN-
DRUCK...
... DU STEHST DEINER SCHWES-
TER SEHR NAH.
!
ZUCK
WIRKLICH BENEI-
DENSWERT.
ÄH...
ALSO...
SIE IST ABER AUCH EIN TOLLES MÄDCHEN.
AUSSER-
DEM SEHR ENGAGIERT BEI DER ARBEIT.

...
IST...
... DAS PEIN-LICH!!
REISS DICH ZUSAMMEN, TATSUMI!
EIN THEMA...
DIE KUNST DER KON-VERSATION IST DEINE STÄRKE!!
DU BIST EIN HOST!
ICH BRAU-CHE IR-GENDEIN THEMA!!
...
...

DANKE.
SEHR FREUND-LICH VON IHNEN.
KÖNNEN WIR UNS DAS SIE-ZEN NICHT SPAREN?
WIR SIND BEIDE NOCH JUNG, ICH SO-GAR NOCH EIN JAHR JÜNGER.
ACH...? GUT, MEINET-WEGEN.
DANKE.

...!
STAUN
ER HAT „HERR ICHIJO“ GESAGT...
AH...!
ICH HATTE IHN BEIM LETZTEN MAL SO ANGEFAHREN, WEIL ER MICH „GROSSER BRUDER“ NANNTE...
IHRE SCHWESTER IST NOCH IM AUFNAHMESTUDIO.
AH...
VERSTEHE.
...
...
WOLLEN SIE SICH NICHT SETZEN?
!

JETZT KANN ICH MICH BERUHIGT MEINEM ALLTAG WIDMEN!!
AH.
HERR ICHIJO.
GUTEN ABEND.
HALLO ...
SIE HOLEN WIEDER IHRE SCHWESTER AB?
DAS WAR'S DANN MIT DER SEELEN-RUHE...

GENAU.
UNGLAUBLICH, WIE TATSUMI DAS IMMER MACHT!
ER IST MEIN GROSSES VORBILD...!
SO...
... GEHÖRT SICH DAS.
TATSUMI~~
GUT!
HE! HE!
WIEDER ALLES IN BUTTER.

AAAAH!!♡♡
TATSUMI!!♡
BITTE ENT-SCHULDIGEN SIE DIE VERSPÄTUNG.
SCHON GUT. DU HAST DEINE SCHWESTER ABGEHOLT, NICHT WAHR?
ICH FINDE ES WUNDERBAR, WIE DU DICH UM SIE KÜMMERST.
MADAME, SIE SEHEN HEUTE WIEDER HINREISSEND AUS.
NICHT DOCH! SAG BITTE, WAS DU IMMER SAGST.
ICH AB DICH URCHT-AR LIEB, OMA.
HÖ, HÖ. ♡
MACHT DEN CHAMPAGNER AUF!!

...
SCHLUCK
NEIN!
Gaspedal
WUMP
NEIN, NEIN, NEIN!!
ICH STEH NICHT AUF MÄNNER...!!
Night LOVE
Night LOVE
CLUB

ICH HABE NÄMLICH SEHR GROSSEN RESPEKT VOR IHM. BEIM NÄCHSTEN MAL ENTSCHULDIGST DU DICH BEI IHM!
AH...
SHUICHI HAT EINE WAHNSINNIG ATTRAKTIVE STIMME, DIE IHN AUF PLATZ EINS DER BELIEBTESTEN SPRECHER BRINGEN WIRD.
AUSSERDEM HAT ER EINEN TOLLEN CHARAKTER UND SIEHT SUPER AUS. ER IST EINFACH PERFEKT.
STIMMT, NICHT NUR SEINE STIMME IST HEISS, ER MACHT AUCH OPTISCH WAS HER...
ICH SEHE IN IHM EIN BERUFLICHES VORBILD UND WILL SO VIEL WIE MÖGLICH VON IHM LERNEN.
SHUICHI SAITO, HM...
DANKE FÜRS ABHOLEN!
ALLES GUTE FÜR DIE ARBEIT.
DANKE ...
UFF...

GENAU.
CAST Shuichi Saito
ICH STEH SICHER NICHT AUF MÄNNER...
BoysLove
YUKINA, WARUM LIEGEN DEINE BOYS-LOVE-CDS IN MEINEM AUTO RUM?
WIESO STÖRT DICH DAS?
ICH HABE ALS SPRECHERIN NOCH VIEL ZU LERNEN, DESHALB HÖRE ICH DIE SO OFT WIE MÖGLICH.
WAPP
WAPP
DU FÄHRST AUF DAS ZEUG AB, GIB'S ZU.
ALS DU DICH MIT SHUICHI ANGELEGT HAST.
...
MEINE JÜNGERE SCHWESTER YUKINA IST EINE GEFRAGTE SYNCHRONSPRECHERIN.
WEISST DU...
ICH HAB MICH VORHIN RICHTIG ERSCHROCKEN.
ICH BRINGE MEINE SCHWESTER...
... REGELMÄSSIG INS AUFNAHMESTUDIO UND HOLE SIE WIEDER DORT AB.

VOR LANGER ZEIT...
... MACHTE MIR EINMAL EIN JUNGE EINE LIEBES-ERKLÄRUNG.
ICH...
... LIEBE DICH.
SORRY.
ICH BIN NICHT SCHWUL.
ES WAR ZUM AB-SCHLUSS DER OBER-SCHULE.
HEUTE KANN ICH MICH NICHT MEHR AN SEIN GESICHT ERIN-NERN.

SCHOCK
UH...
AH! TATSUMI!
DAS IST ÜBEL...
I...
SEINE STIMME...
ICH BIN NICHT DEIN GROSSER BRUDER...!!!
... IST GEFÄHRLICH...!!
?!
BRUDERHERZ?!

SEHR ERFREUT ...
... GROSSER BRUDER.
DIESE STIMME IST TOTAL HEISS!!!
Hmm...
ZUCK

IHRE SCHWESTER HAT MICH BEAUFTRAGT, IHNEN AUSZU-RICHTEN...
... BEI IHR WÜRDE ES NOCH ETWAS LÄNGER DAU-ERN. SIE SOL-LEN BITTE AUF SIE WARTEN.
IST DAS NICHT DIE MÄNNER-STIMME...
... ZU DER ICH MIR GESTERN EINEN RUN-TERGEHOLT HABE?!
VI...
VIELEN DANK...
... FÜR DIE INFO.
BADUMM
BADUMM
MIST!
MEIN NAME IST SHUICHI SAITO.
ICH AR-BEITE ALS HÖRSPIEL-SPRECHER MIT IHRER SCHWESTER.
BADUMM
BADUMM
BADUMM
DIESE STIMME...

DIESE STIMME...
!
...?
OH...
KANN ICH IHNEN HELFEN?
ÄH...
NICHT DIREKT ...
SIND SIE DER BRUDER VON YUKINA ICHIJO?
DIE KENNE ICH DOCH...

KJAAAH!
ICH WAR NUR VORÜBERGE-HEND GEISTIG VERWIRRT.
WO BLEIBT YUKINA ...?
ABER, SAG MAL...
DAUERN IHRE AUF-NAHMEN LÄNGER...?
ENT-SCHULDI-GUNG...
ZUCK
WAS?!
AAAH!
OOOOH!
SO MUSS DAS!!!
WUSST' ICH'S DOCH.
GJUPP
DIESE...

...
PUUUH ...
NICHT DIE NERVEN VERLIEREN.
ICH STEHE AUF FRAUEN. UND WIE!
KICHER
KICHER
ÄH, VERZEIHUNG...
HUCH!
SIE SIND YUKINAS GROSSER BRUDER, NICHT WAHR?
ER NICKT...
FRAUEN SIND SANFT UND WEICH UND HÜBSCH.
LÄCHEL
HALLO. EINEN SCHÖNEN GUTEN ABEND.
JA, GENAU...!!
WAS FÜR EIN HEISSER TYP!
DANKE, EBENFALLS!!

DAS KANN NICHT SEIN...
REISS DICH ZU-SAMMEN, TATSUMI ICHIJO!!
* Ausgeh- und Amüsierviertel in Tok
ICH BIN DER BELIEB-TESTE HOST VON KABUKI-CHO!*
MIR KANN DOCH NICHT VON EINER MÄN-NERSTIMME EINER ABGE-HEN...!!
TATSUMI...!!
AAAAAH!

Siehst du, Tatsumi...
ZUCK
...
MEIN NAME...!
WARUM MUSS ES MEIN NAME SEIN...?!
BEB
... HOLTE ICH MIR ZUM ERSTEN MAL AUF EINE MÄNNERSTIMME EINEN RUNTER.

WENN ICH DEINE STIMME HÖRE
KAPITEL 1

Komm, spritz ab.
Ja, genau so.
...
WENN ICH DEINE STIMME HÖRE
KAPITEL 1
HAA...
AUS DEM ZIMMER MEINER SCHWESTER WAR IHRE BOYS-LOVE-CD ZU HÖREN...
AN JENEM TAG...
GJUDD
WAS IST DAS NUR FÜR EINE STIMME...?